김동환 시집

연민의 빛깔

연민의 빛깔

김동환 시집

한누리미디어

| 詩人의 말 |

江山도 변하는 십 년인데
이십 년 터울이라
詩여, 많이 미안합니다.

2021년 가을

김 동 환

차례

시인의 말 · 9

1부 / 봄

사랑의 각도	17
외로움끼리	18
봄날에	19
꽃샘	20
다시 봄날에	21
꽃과 눈	22
소스라치다	23

2부 / 여름

능소화	27
장마	28
사람꽃	29
옛노래	30
행복	31
연민과 사랑	32

3부 / 가을

산청에서 얼굴이 붉어지다 37
들국화 38
강촌일박 39
살얼음 40
어머니와 풀 41

4부 / 겨울

등대가 된 마을 45
연민의 빛깔 46
세모 47
멍 48
겨울비 49
내리는 눈을 바라본다 50
천마산 유감 51

차례

5부 / 친구에게

좌우 균형을 맞추다 55
2014년이 죽다 56
초겨울 철원에서 57
2003년 봄 58
2017년 3.1절에 59
길을 걸으며 60
친구에게 62

6부 / 어깨동무

어깨동무 65
불쌍한 서울의 야산 66
고향 67
시적으로 살자 68
연못 69
지하철에서 만난 아이에게 70
향기 71

7부 / 술 생각

아지	75
강변에서	76
슬한중	77
연	78
어머니 · 2	80
양파	81
텔츠에서	82
술 생각	83

제1부

봄

사랑의 각도
외로움끼리
봄날에
꽃샘
다시 봄날에
꽃과 눈
소스라치다

사랑의 각도

지난해 태풍에 삼십 도 정도 기울어진
배드민턴장의 벚나무가
살 수 있을까 걱정했는데 곱게 꽃을 피웠다
책을 보듯이 개나리꽃을 굽어보더니
개나리꽃 지자 복사꽃 바라보고
이제는 조팝꽃과 철쭉꽃을 보고 있다

셔틀콕처럼 빠르게 날아가는 봄날
알맞게 옆 벚나무에 기울어
정다워 보이는 나무여
떠나간 내 사랑은
서로가 너무 기대었기 때문이었구나

외로움끼리

제법 내리는 봄비에
만사 제쳐놓고 술을 마시다
비 개여 섭섭한 귀가길
밤 깊어 바람만이 오가는
산비탈 골목에 서서
담 넘어 머릴 내민
찔레꽃과 함께 듣는
어디선가 소쩍 소쩍새 울음

봄날에

바람이 사랑하는 만큼
꽃잎 지는 봄날
갓 마흔에 스스로 세상을 등진
친족의 장례식장
사람 아닌 돈이 그를 너무 사랑했나 보다

곡소리 뒤로하고 발길이 닿은
병원 구내 조그만 쉼터
노인들의 이야기가 너무 서러워 숙연하다
삼사월 긴긴 해에 점심을 굶겠느냐
목매기를 지붕 위로 올리겠느냐
홀로 된 시아버지를 모시겠느냐

휜 등만큼이나 버거웠을 그네들의 삶
경박했던 내 삶의 편린들이
시나브로 꽃잎처럼 떨어지는 봄날

꽃샘

덧창 꽉 닫고
등거리 다시 찾아 걸치고
아침 먹고 시를 읽는다
점심 먹고 시를 읽는다

한 사나흘 가면
꽃 같은 시 한둘 밴다더라

다시 봄날에

천지 가득
그리운 꽃 꽃 꽃

사나이 하나 함부로 울고 있네

하필이면 눈에 꽃이 들어갔대나
예전에는 멀쩡했는데
언제부턴가 툭하면 꽃이 눈에 들어간다고

지난 겨울에는 눈꽃에도 여러 번 혼이 났다고

꽃과 눈

봄바람 부는 산책길에
벚꽃눈 휘날리더니
골목길에는 살구꽃눈 내리더니
이제는 뒷산에 아카시아꽃눈 내리고 있네
아! 올봄의 마지막 눈

머지않아 여름이 오고
자주 빗소리 듣는 재미에 살다가
빗소리 처연한 가을이 되면
단풍 든 앞산 뒷산 가을산을 헤매다가

어느덧 겨울이 되면
다시 그리운 눈을 보게 되리라
덤으로 꽃도 보리라
한겨울에만 피는 눈꽃을

소스라치다

한 시간에 한 번 온다는 버스를
기다리다 뒷다리 한 쪽을 저는
복슬복슬한 강아지와 동무 되어
함께 놀다 남겨 둔 빵 나누어 먹고
복슬이는 봄처럼 가버리고
나는 아직 벚꽃이 섞여 아름다운 산을
바라보다 삶이 지루할 때가 있다는
누군가의 말이 떠올라 소스라치다

제2부

* * *

여름

능소화
장마
사람꽃
옛노래
행복
연민과 사랑

능소화

육십줄에 접어든 복실 아버지를
단박에 홀렸다는
황적색 저고리에 스란치마 휘어잡고
울 모퉁이 돌아가던 그 여자

갓 마흔이라던가

장마

이 세상 서러움이란 서러움은 죄다 모여 하소연하네
사나흘도 모자라 대엿새 낮이나 밤이나 하소연하네

사람꽃

깊은 산 속
외로웠는가
내 주위를 맴돌다
살며시 어깨에 앉은
나비 한 마리

사람이라는 탈을 써
서러웠는가

이 천근의 무게

옛노래

비나 긋자고 들른
개천 옆 콩나물국밥집
어디선가 내리는 피아노의 선율
후줄근히 젖어오는
오랜 유행가의

다음 산행山行에선
백팔배를 올릴 때 넣으리라
비 내리는 날
흘러간 옛노래를 들려주는 사람을

행복

자다가 빗소리 어렴풋하여
창문을 반쯤 귀는 활짝 열고
꿈나라 가는 길을 에돌아가다

연민과 사랑

골목길 모퉁이를 돌아가다
미처 피하지 못해
떨어진 능소화를 밟다

이 비탈진 긴 골목에
뿌리박고 살아가는 목숨들
피고 지는 것이 어디 꽃뿐이랴

그 무엇이 있어
개미는 긴 행렬을 이루어 가고
이름 모를 풀들은
하수구에까지 뿌리를 내리는가

우리네 삶에는 무엇이 있어
붙들고 매달릴 그 무엇이 있어
인간은 때로 그리 모질고
상처 입은 자리마다
다시금 생살은 돋아나는가

어디선가 바람은 불어

하수구 냄새 꽃향기 함께 오는데
더불어 실려 와야 하리
사는 날까지 사는 날까지

제3부

* * *

가을

산청에서 얼굴이 붉어지다
들국화
강촌일박
살얼음
어머니와 풀

산청에서 얼굴이 붉어지다

처음 간 산청 어느 식당
여인은 팔다리가 길어 지리산을 닮았다
밥은 다 먹었으나 막걸리가 남아
마늘종을 좀 더 달라고 하니 떨어졌단다
옆 손님들 상을 보니 마늘종이 없었다
순간 나는 얼굴이 붉어졌다
솔직한 것도 지리산을 닮았구나
콩나물을 더 드릴까예
나도 닮고 싶어 그랬을까
아니예 고맙습니더
나도 모르게 서툰 사투리가 튀어나왔다
나는 또 얼굴이 붉어졌다

들국화

적적한 산자락

더러 외로운 사람만이 읽어 보는

첫서리 소인消印 찍힌

늦가을 편지

강촌일박

아직도 우리는 기차를 타면 설레는 소년
없어도 좋을 도착과 더불어 다시 어른이 되었다
기차를 자전거로 갈아타고 가는 강변에는
훗날 우리 모두 사진 속에서도 서성댈 갈대숲이
바람기 많은 바람까지 사로잡고 있었다
백양사라는 절이 있다는 산 그 기슭에
예불하듯 낮게 엎드린 민박집에서 길은 끝나고
형편대로 방을 나누어 짐을 풀고 나니
어느새 어둠이 별들을 가까이 불러 모았다
너무 가까워
모처럼 지르는 탄성에 놀란 별들이
피어오르는 물안개에 하나 둘 숨어 버리자
우리들은 잠시 어두운 산이 되었다
내일이면 도시에서
각기 갈 길로 흩어져 갈대처럼 흔들릴 우리
모닥불을 피우고 밤과 고구마를 굽는다
못 다한 이야기도 함께 익어 가는 짧은 가을밤

살얼음

밤사이 물고기들에게 크고 투명한 유리창이 생겼다
마른 갈대와 수면을 흔드는 찬바람을 막아주는

작은 물고기들이 양지 바른 곳에 옹기종기 모여
재빠른 몸짓으로 숨바꼭질을 하며 놀고 있다

불현듯 그리운 이름들을 불러본다
영철아 순이야 학봉아 경이야
버들치야 빠가사리야 모래무지야 가뭇없는 동무들아

어머니와 풀

어머니 병상 옆에서 밤을 새우고
들어서는 대문 돌계단에서 만난
계단 틈새 척박한 곳에
어머니처럼 삐삐 마른 풀
꽃이라도 제대로 피워 보았을까
좋은 날도 별로 없었던 한평생
어느덧 시월이 가고
이제 곧 서리 내릴 때가 되었다

제4부

겨울

등대가 된 마을
연민의 빛깔
세모
멍
겨울비
내리는 눈을 바라본다
천마산 유감

등대가 된 마을

눈이 내리네
멀리 조그만 마을이 보이네

눈이 쌓이네
외길이 묻히고
논밭들이 묻히고
나무들이 묻혀 가네
망보던 까치도 묻히고
주춤거리던 어둠조차 묻혀
이내 마을은 보이지 않고

불빛들 몇 등대불이 되었네

연민의 빛깔

새벽 산책길 기척에 우리는 서로 놀랐다
후닥닥 떠나가고 남은 둥그런 잠자리
밤 사이 내린 눈에 확연히 드러나는,
옆에는 눈을 피할 수 있는 정자도 있건만
한겨울에 저녁은 먹고 잔 것일까
하룻밤 요가 되어 준 게 고마워
갈색 마른 풀에 가만히 손을 대어 본다
찌르르 가슴까지 전해져 오는 미온微溫
연민에 빛깔이나 형태가 있다면
아마도 갈색의 둥그런 모양일 것이다

세모歲暮

숙취로 몽롱한 새벽

뜨락에는
살구나무 마른 가지에
영롱한 별꽃 두셋 피어 있고

내 가슴에는
바보 바보 바보꽃
자꾸자꾸 피어나누나

멍

산은 말없이 우릴 붙드는 힘이 있어
내려가는 길은 언제나 더디구나
속세로 가는 마지막 다리에서
다시 붙들려 바라보는 계곡
얼마나 얼었을까 누군가 던져본 돌들이
얼음에 코를 박거나 나뒹굴고 있다
여기저기 하얗게 멍든 얼음 아래
비닐봉지와 귤껍질이 겨울잠에 들었다
이제 초겨울
바람은 더 매서워지겠지만
봄이 오면 멍은 풀리고
무거운 것들은 제자리를 잡으리
가벼운 것들은 흘러가리
흘러 흘러 언젠가는 우리들 가슴에
검은 또는 노란 멍으로 깊이깊이 가라앉으리

겨울비

얼었던 네 마음이 풀렸구나
참았던 서러움이 쏟아지는구나
머지않아 더 단단해지겠구나

내리는 눈을 바라본다

처마 밑에 쪼그려 앉아 내리는 눈을 바라본다
조용히 내리는 눈은 한없이 겸손하다
삼 년째 노총각 신세인 토끼가
외로운지 회양목 주위를 몇 번 돌더니
옆에 와 웅크리고 앉아 함께 눈을 바라본다
지난 여름 태풍에 큰 가지 두셋 부러져
볼품 없이 되어버린 은행나무도
키를 낮춘 하늘 아래 서서 내리는 눈을 바라본다
작년에 월곡산에서 뜰의 은행나무로 분가했다가
졸지에 둥지를 잃은 젊은 까치 부부도
감나무의 까치밥을 먹다 말고 내리는 눈을 바라본다
목련 라일락 매화 진달래 주목 모두가
그저 욕심 없이 자기의 키만큼 눈을 바라본다
머지않아 흰눈에 덮여
모두 다 하나가 되리란 것을 알고 있듯이

천마산 유감

이따금 날아다니는 꿈을 꾸어
난 아마 전생에 새였을 거라는 생각을 한다
작년 겨울 처음 천마산에 갔을 때
저편 산까지 안개가 바다를 이루고 있었다
산봉우리에서 건너편 산을 바라보며
날아가고 싶은 충동을 가까스로 참았다
걸어서 하산하며 천비산天飛山이라고
이름을 고쳐 부르는 것으로 위안을 삼았다

올겨울 잊고 있던 천비산으로
산행을 하자는 친구의 전화가 반가웠다
마침 며칠 전에 날아다니는 꿈도 꾸었겠다
서둘러 올라간 산봉우리
저편 산에는 허연 슬로프*가 누워 있고
저 아래에는 아파트들이 당당하게 서 있었다
날아가고 싶은 마음이 들지 않았다
다시 천마산

*슬로프(Slope): 스키장의 경사지.

제5부

* * *

친구에게

좌우 균형을 맞추다
2014년이 죽다
초겨울 철원에서
2003년 봄
2017년 3.1절에
친구에게
길을 걸으며

좌우 균형을 맞추다

무명지가 골절되어
난생 처음 오른손이 한 달포 휴가를 얻었다
하루 세 끼 밥을 실어 나르랴
공책과 원고지를 메우랴
틈틈이 라켓도 휘두르랴
평생 바쁘기만 했던 손

이제 왼손으로 서투르나 천천히
밥과 반찬을 실어 나른다
독수리 타법으로 컴퓨터를 두드리고
세수를 하고 머리도 감는다
재활까지 한 두어 달 지나는 동안에
왼손은 매사에 익숙해질 것이다
그때쯤엔 석고에 갇혔던 역마살도 되살아나
난 어딘가 무작정 떠나게 되리라
핑계 삼아 기른 산적 같은 수염을 하고
좌우 어디에도 치우치지 않는
균형 잡힌 양손을 되도록 천천히 휘저으며

2014년이 죽다

이천십사년이거의죽어간다기에도봉산자락의
어느문학관에서미리문상을하고쌍문역지나서
내린버스를두발자가용으로갈아타고서우이천
따라장위동집에가는길빙판을걷는것이지나온
내삶처럼위태위태하고희미한보안등불빛아래
한겨울밤자지못하고끼니를찾는굶주린물오리
가족스산하여마른갈대사이바람을피해쭈그려
앉아흐르는내川를바라본다나는겨우서울광장
에나갔지만너는팽목항에가수중고혼을꼭만나
보거라나라라는것이별로변한게없다는말은말
고그대들의희생으로모든게제자리를잡았으니
편히영면하시라고전하거라갈대는자꾸소리내
어우는데난돼지처럼돼지고기를먹고마신소주
에여태취해인적드문빙판길을희망가나부르며
다시걷는다이풍진세상을만났으니.......

초겨울 철원에서

예 와서야 알겠네
왜 철새들이 목을 길게 빼고 나는지를
오래 기다렸다고
칠십 년이 다 되어간다고

예 와서야 알겠네
왜 철새들이 저리 울어대는지를
한 민족끼리 이게 뭐냐고
끼루룩끼리 끼루룩 끼루룩끼리

2003년 봄

죽음이란 슬픈 것
때 이른 죽음이야 말해 무엇하랴
먼 나라의 전쟁이 계절도 잊게 만들어
올봄에는 꽃조차 제대로 보지 못하였구나
도시의 골목길에 떨어진
살구꽃잎 벚꽃잎이 탄피를 연상시키고
목련꽃잎은 죄 없이 죽어간 시체를 떠올리게 한다
젊은 날 이국의 사막에서 내게 떨림과
위안을 준 유도화여 이름 모를 노란 꽃들이여
너희들은 아무 죄가 없다고 포탄이 피해 가겠느냐
사랑보다는 증오로 짧고 슬픈 이 봄
이제 나는 살아 있는 것들을 더욱더 사랑하련다
그럴 듯한 위장을 한 야만을 더욱더 미워하련다

2017년 3.1절에

긴 내리막 골목에
국기를 단 집이 하나도 없었다
주위를 둘러보며
쭈뼛쭈뼛 태극기를 달았다

떠돌던 사념思念이 허공에서 펄럭였다

저 멀리 언제나
제자리에 있는 불암산이 그리웠다

그 산자락에는 촛불집회에 두어 번 다녀왔다는
나와 동갑내기 시인이 살고 있다

산은 머지않아 싱그러운 초록으로 뒤덮일 것이다

길을 걸으며

얼마나 걸었을까
내 발바닥처럼 갈라지고 메마른 땅에
드문드문 내리던 눈이
어느새 함박눈이 되어
철조망 너머 잿빛 막사에 흰옷을 입히고 있다
무심히 바라보다가
불현듯 떠오르는 젊은 날의 일기 몇 장
아직도 철조망에 걸려 펄럭이고 있는

빛이 바랜 작업복에
통일화를 신은 늘 허기진 전우들과
역전 여인숙 단내 나는 온돌방에서
가슴앓이를 나눠 가지던 그녀
월남전을 원망하며
가슴을 치고 우시던 어머니들과
유신의 그늘에서 추위와 분노에 떨던 나날들

눈을 맞으며 다시 걷고 걷는다
뒤돌아보면 지나온 발자국은 어렴풋하고

이제는 그 아픔과 허기까지도 아련히 그리워지는가
가끔 무엇 때문에 예까지 왔는가 서성거리던
그런 길의 녹음이 더 짙고 꽃과 단풍도 더 고왔다
얼마나 걸었을까
길은 다른 낯선 길을 만나 비로소 새로워진다

친구에게

등산길에 내 배낭이 좌로 기울었다고 하는 친구야
힘든 고비에서는 마음이 흔들리기도 하지만
꼭대기에 다다라서야 나는 좌우 균형을 맞추려 한다
얼추 왔는가 싶으면 또 다른 봉우리가 앞을 막아
가는 길은 아직도 멀다 친구야
새소리 풀향기에 배낭을 내려놓고 쉬기도 하지만
굴곡 많은 나라에 태어난 짐은 내려놓을 수가 없구나
산기슭에 모여 살며 햇볕을 좋아하는 합다리나무
재에 모여 바람 부는 대로 흔들리며 사는 억새
어쩌면 좌우 균형이 잡힌 세상은 없는 것인지도 모른다
허나 어찌 하겠느냐 친구야
갈 수 있는 곳까지는 가야 하지 않겠느냐
힘에 부친다고 말하지 말자
우리에게 모자라는 것이 있다면 사랑이 아니겠느냐

제6부

* * *

어깨동무

어깨동무
불쌍한 서울의 야산
고향
시적으로 살자
연못
지하철에서 만난 아이에게
향기

어깨동무

초겨울 삶의 굽이를
어깨동무로 견디고 있는
여윈 산을 보고 온 날
뜨락에 웅그리고 있는
여윈 참새들에게
모처럼 저녁을 주다

산그늘이 넓고 깊었나 보다
머지않아 첫눈이 올 것이다

불쌍한 서울의 야산

어미닭의품으로파고들듯산자락에깃들은사람의집
차츰덩치가커지며야금야금제어미의머리까지올라가
볼썽사납더니어느날짜가발이라는괴물이나타나몽땅
먹어치우고급히먹었는가소화불량에걸려토한집들이
키만커이제사방에서제어미를위협하듯포위하고있는
꼴이더욱볼썽사납구나

고향

태어난 곳이라고
뜰의 향나무에
가끔 찾아와 놀다 가는
산비둘기

아내와 나는
집을 헐고 새로 짓자던 꿈을
없던 것으로 했다

시적으로 살자

마음이 상할 때마다 다짐하며 지냈다
시가 있지 않은가 자식 같은
시를 생각하며 살자

꿈을 깨라는
아내의 핀잔을 들은 어느 날
개꿈에서 깨어나니 한밤중
쓰려던 시가 잘 안 되어 마음이 상했다

이제 어찌 살아야 하나
뜰에 나가 밤하늘 쳐다보니
툭 툭 풋감 떨어지는 소리

아! 그래 시적으로 살자
이제부터는 시적으로 살자

연못

에라 돌을 던져
애꿎게 화풀이해도
둥그런 미소만 짓네

지하철에서 만난 아이에게

장님보다 먼저 귀에 익은 노래가 들어왔다
수수한 옷차림의 여인이 자식에게 동전을 쥐어주고
아이는 그 인정人情을 바구니에 넣었다
잠시 후 한 청년이 들어와 흰 와이셔츠를 손잡이에 걸더니
흑색과 적색의 사인펜을 긋고
본 제품을 바르면 번개같이 지워진다고 선전했다
지나온 내 삶에서 지우고 싶은 부분은 어딜까
지하를 벗어난 창밖에는 눈발이 날리고 있었다
애를 업고 보따리를 든 아낙이 타자
머리 허연 노인이 나보다 먼저 선뜻 일어나 자리를 내주었다

눈 내리는 등산로 초입에서 나는 잠시 망설이다 걷기 시작했다
걷고 걷다 뒤돌아보니 이미 희미해진 내 발자국에
그 아이의 낡은 운동화가 어른거렸다
나는 아이에게 나직이 일러주었다
인생길에 그 번개표 상품 같은 것은 없단다
걸으며 사색하는 즐거움이 끝나는 가파른 산길로 접어들자
돌은 엎드려 선뜻 등을 내주고 나무는 선뜻 손을 내밀어 주었다

향기

지하철에 지긋한 할머니가 들어섰다
한 젊은이가 자리에서 일어나
할머니의 손을 잡아 앉혀드렸다
할머니가 가방을 뒤지더니
사탕 하나를 그에게 건네주었다

주위의 승객들도 가슴을 뒤지더니
모두들 미소를 건네주었다

이내 차내에 박하 같은 향기가 퍼졌다

제7부

술 생각

아지
강변에서
연
슬한증
어머니 · 2
양파
텔츠에서
술 생각

아지

밥상에 오른 생선
아지라 부른다고
이름이 너무 고와
젓가락이 머뭇머뭇
사전을 찾아보니 없어
어디 사투리인가 했는데
큰애가 일본 말이라네
그래 그럼 먹자
뼈까지 아작아작

먹다 보니 아지여
내가 좀 치졸했구나
난 그냥 너를 아지라고 부르마

강변에서

강을 보며 키우는 꿈들이 있어
강물은 아롱거리며 흘러간다
강변길이 끝나는 산자락에는
날개만 남아 있는 새의 주검
한뉘 허공에 길을 내어
가는 대로 길이었을 길이 예서 끊겼다
풀들은 물바람에 모로 누워
이른 잠자리를 다투고
강 건너에는 어느새
하나 둘 피어나는 불빛들
되돌아갈 수 없는가
바라던 별은 너무나 멀리 있다

슬한증膝寒症

이웃집 옥상에 빨래가 비를 맞고 있었다

달랏에서 어제 몸만 돌아온 아내는
그곳 꿈이라도 꾸겠다며 낮잠에 들고
닷새를 미역국과 카레만 먹은 나는
어디 먼 바다와 인도가 그리워져
다시 창밖을 내다보았다

낡은 청바지가 무릎이 꺾인 채 울고 있었다

*달랏 : 베트남 남부 고원에 자리한 도시.

연蓮

1.

두 손 활짝 펴
고이 받쳐 올렸어라
우리네 구름 같은 마음을

망각의 강을 지나
저승까지 뿌리 내렸는가
푸르도록 무심한 그대

2.

여름 한나절
반야심경을 독송하는
불심 깊은 아내 옆에서
나는 읊었네
무심하리라 무심하리라

3.

오가는 바람 따라
산문山門을 나서니

그대는 며칠새
푸르고 넉넉한 손에
희고 연붉은 등을 밝혔네

아 어쩌면 좋으리
나 다시 흔들리는 것을

어머니 · 2

가요무대가 끝났다
그나마 지팡이가 유지해 주는
어머니의 등이 조금은 펴졌을까
어딘가에 있을
연분홍 자줏빛 담홍 어우러진 화사한 곳
평생 가보지 못하신
사진 속에서나 희미하게 남아 있는
허리 꼿꼿한 무명옷의 어머니

어딘가에 있을 거라고
모시고 가겠다고 찾아 헤매다 보니
꽃 진 초록 그늘을 지나
갈색 황무지에 이르러 부쩍 눈물만 많아졌구나

한세상 질박하게 살라시는
무릉도원이 따로 있는 게 아니라는 어머니를
그런 건 아니라고 박박 우기던 철부지가
이제야 주춤주춤 뒤따라가네

양파

고뿔을 막는다기에
머리맡에 놓아둔 양파
어느 날 보니
시퍼런 삼지창을 세 개나 빼들었네

한 달포 지났나
삼지창은 제 어미보다 부쩍 커지고
아홉 자식에 말라 쪼그라든
울 엄마 젖가슴처럼
푸석해진 양파

눈물은 막지 못하네

텔츠에서

수집벽이 있는 친구는 여기서도 모자를 샀다
어디선가 본 적 있는
중년의 카스트로가 썼던 형태의 모자
이제는 사회주의의 그림자도 찾아보기 힘든
체코의 시골 마을 광장의 한 가게에서
나도 연두색 모자를 하나 사 푹 눌러 썼다
그야말로 희미한 옛사랑의 그림자마저
아예 덮어 버리려는 듯

일상의 멋에서도 혁명의 씨앗은 튼다

사나흘 머물며 그저 여기저기 거닐고 싶은
아름다운 마을 텔츠

*텔츠 : 체코의 남부에 있는 소읍

술 생각

지난 가을 술 때문에 먹다 만 한약을
한겨울 아내의 등쌀에 다시 먹는다
늘 막걸리를 데워 드시던 할아버지와
술은 청탁을 안 가렸으나
술잔은 꼭 홀수로 마시던 아버지의 핏줄
새삼스레 난 왜 술을 마실까
외로워서 마시는 걸까 생각하다가
빈대떡집 과부의 푸짐한 엉덩이와 막걸리가 떠올라
읽다가 둔 마르께스의 자서전을 다시 펼친다

언제부턴가 창밖에는 함박눈이 내리고
키를 낮춘 하늘 아래 모든 게 하나가 되어가는데
자질구레한 일상사와 내 못난 의지를 탓하다가
눈발 속을 나는 새를 보고 문득 김산이 떠올라
그는 얼마나 외로웠을까
가슴이 몹시 먹먹해지며 또 술 생각이 나는 것이다

*김산(1905~1938): 본명 장지락. 평북 용천 출생. 독립투사이자 혁명가. 옌안에서 님 웨일즈(1907~1997, 미국의 여류시인이자 신문기자)와 만나게 되었고, 그녀가 1941년 그에 대한 책(아리랑의 노래)을 출간했다.

연민의 빛깔

•

지은이 / 김동환
발행인 / 김영란
발행처 / 한누리미디어
디자인 / 지선숙

•

08303, 서울시 구로구 구로중앙로18길 40, 2층(구로동)
전화 / (02)379-4514, 379-4519
Fax / (02)379-4516
E-mail/hannury2003@hanmail.net

•

신고번호 / 제 25100-2016-000025호
신고연월일 / 2016. 4. 11
등록일 / 1993. 11. 4

•

초판발행일 / 2021년 10월 15일

•

•

값 10,000원

•

※잘못된 책은 바꿔드립니다.
※저자와의 협약으로 인지는 생략합니다.

•

ISBN 978-89-7969-842-8 03810